Sopa
de
calabaza

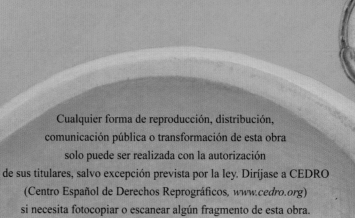
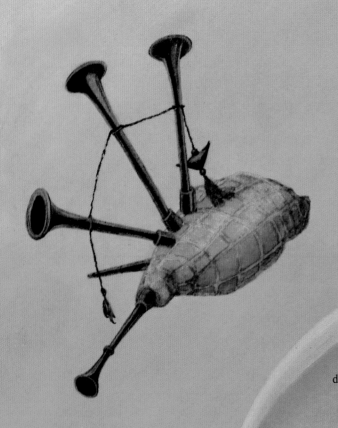

Título original: PUMPKIN SOUP
© Helen Cooper, 1998
Publicado con el acuerdo de Random House Children's Books, Londres

© EDITORIAL JUVENTUD, S. A., 1998
Provença, 101 - 08029 Barcelona
info@editorialjuventud.es / www.editorialjuventud.es
Traducción de Christiane Reyes

Undécima edición, 2016

ISBN 978-84-261-3095-2

DL B 6713-2010
Núm. de edición de E. J.: 13.334
Impreso en España - Printed in Spain
Impuls 45 - Avda. Sant Julià,104 - 112, 08403 Granollers (Barcelona)

Para
Jomai
y
Max

Sopa de calabaza

Helen Cooper

Editorial **EJ** Juventud
Provença, 101 – 08029 Barcelona

En medio del bosque hay una vieja cabaña blanca
y un jardín con calabazas.
Huele a rica sopa,
y por la noche,
con un poco de suerte,
podríais ver a través de la ventana
a un Gato tocando la gaita,
una Ardilla con un banjo
y un Patito cantando.

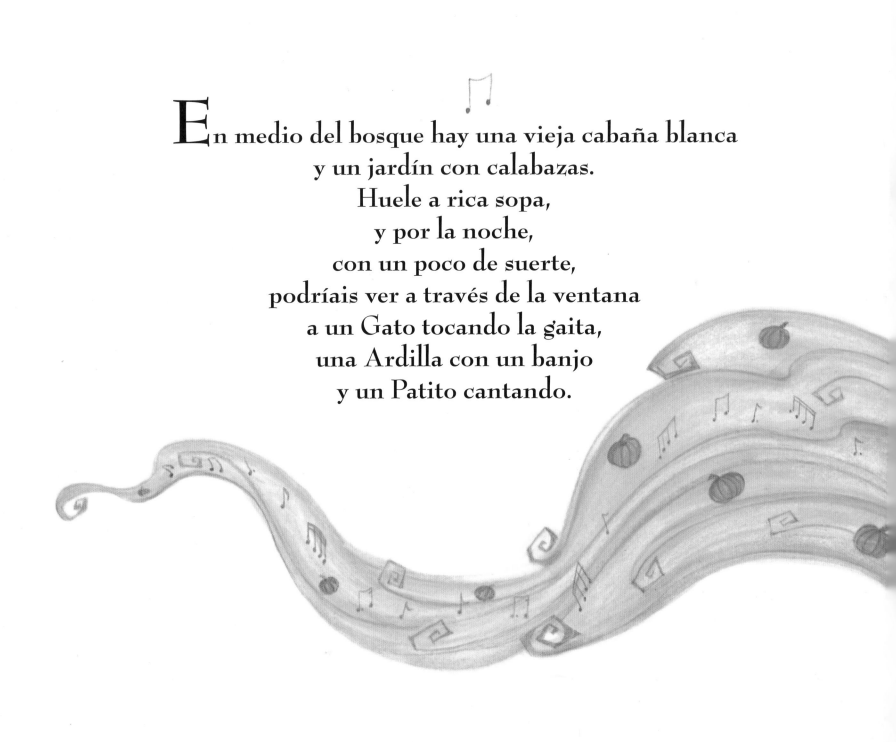

Todas las noches preparan sopa de calabaza.
La mejor sopa del mundo.

Hecha por el Gato, que trocea la calabaza.

Hecha por la Ardilla, que remueve la sopa.

Hecha por el Pato, que pone en la sopa la cantidad precisa de sal.

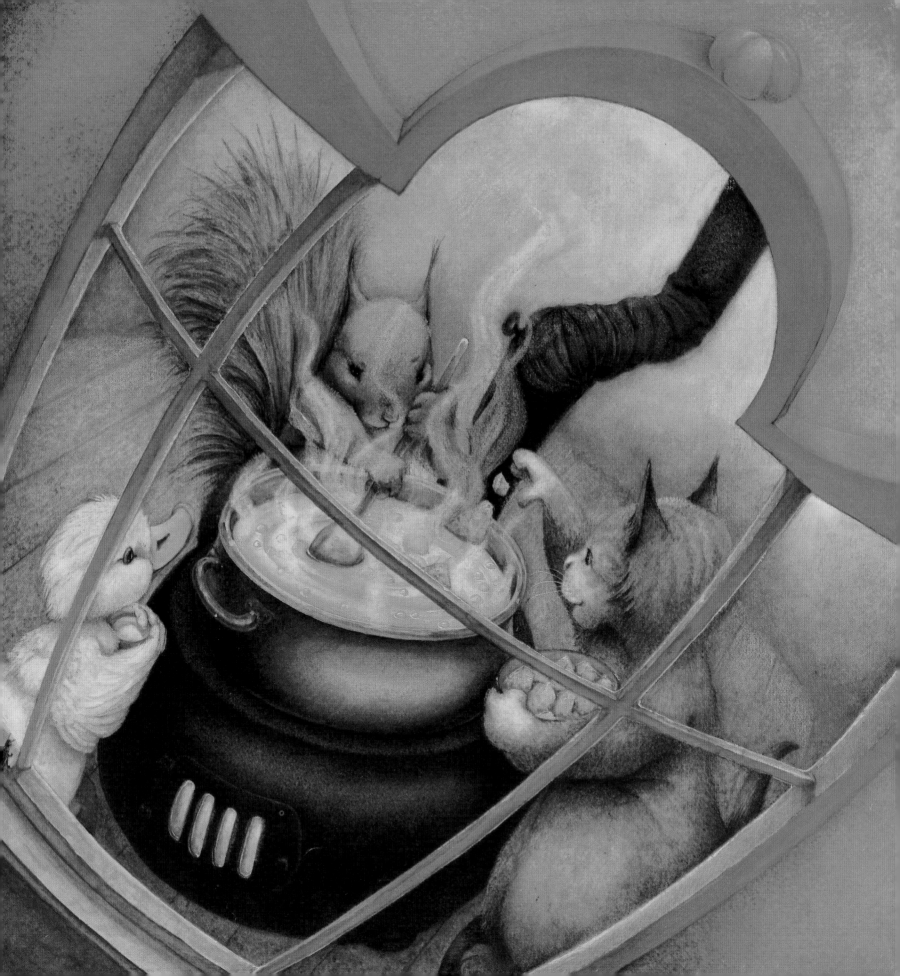

Los tres juntos sorben la sopa

y tocan su canción,

y luego se meten en la cama,
debajo del edredón
cosido por el Gato,
bordado por la Ardilla
y rellenado con suaves plumas del Pato.

Reina la paz en la vieja cabaña blanca.
Todos tienen su tarea.
Todos son felices.
O eso parece…

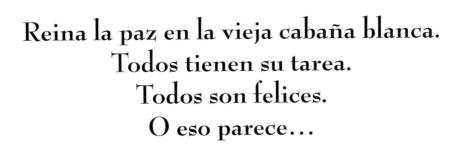

Pero una mañana el Pato
se despertó muy temprano.
Entró de puntillas en la cocina
y sonrió al ver
la cuchara de la Ardilla.
—Sería fantástico —murmuró—,
si yo pudiera ser el jefe de cocina.

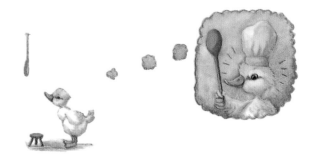

Acercó un taburete,
saltó encima de él
y se estiró hasta que
con el pico alcanzó la punta
de la cuchara.

¡PUMBA!

Se cayó.

El Pato volvió al dormitorio,
alzó la cuchara
y dijo:
—Hoy *me toca a mí* remover
la sopa.

—¡Remover es mi trabajo! —chilló la Ardilla—.
La cuchara es mía. ¡Devuélvemela!

—Eres demasiado pequeño —soltó el Gato—.
Seguiremos cocinando como siempre.

Pero el Pato se agarró a la cuchara…
hasta que la Ardilla tiró con todas
sus fuerzas y… ¡EPA!
La cuchara saltó por los aires
y golpeó al Gato en la cabeza.

Se armó un lío,
una horrible pelea,
una trifulca,
un barullo,
un jaleo
en la vieja cabaña blanca.

¡TOC!

–Yo no me quedo aquí
–dijo el Pato llorando–.
Nunca me dejáis ayudaros.
Y cargó la carretilla,
se puso el sombrero
y se marchó.

–Claro –gruñía el Gato–,
volverás cuando hayamos acabado
de recoger, ¿no?
La Ardilla agitó la cuchara en el aire.
Pero el Pato no volvió.

No volvió para el desayuno,

ni siquiera para la comida.

–Yo lo encontraré –dijo el Gato
burlándose–. Estará escondido fuera.

—Apuesto a que se ha metido entre las calabazas.

Pero el Pato no estaba allí.
No lo encontraron por ninguna parte.

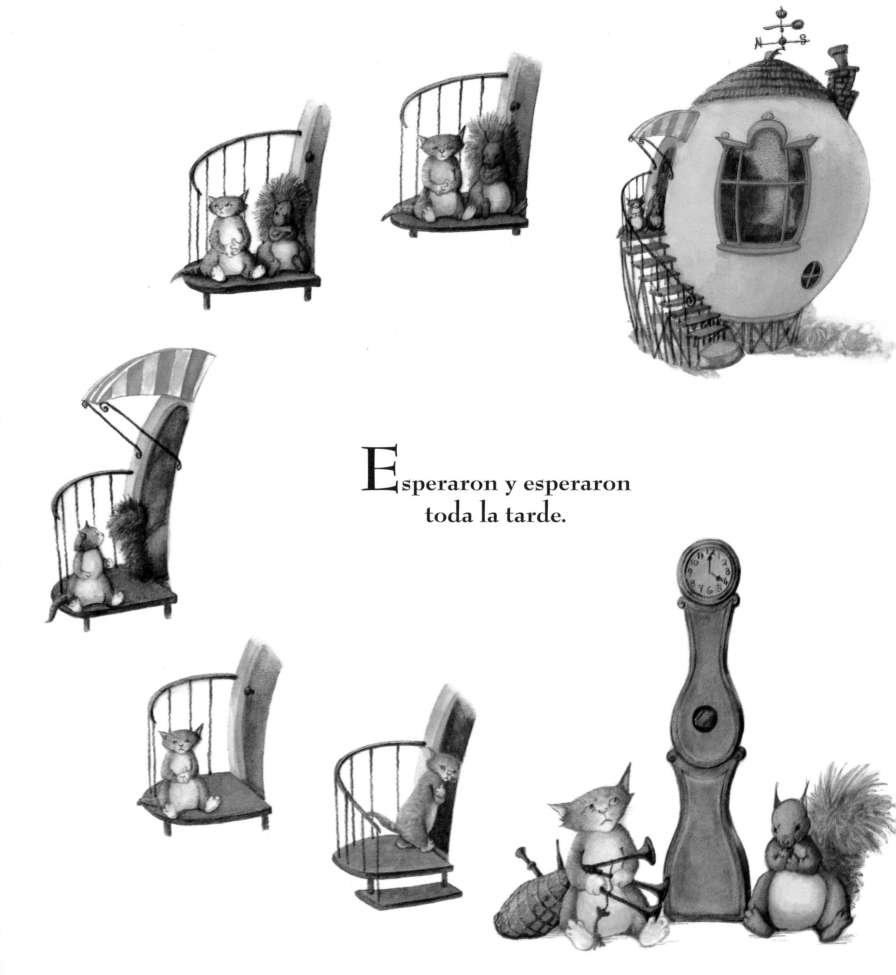

Esperaron y esperaron
toda la tarde.

El Gato vigilaba la puerta,
la Ardilla iba de un lado para otro.

—Este Pato se arrepentirá cuando vuelva a casa
—refunfuñaron.
Pero el Pato no volvió.
Ni siquiera para comer la sopa.

DEMASIADA SAL

PUAJ

La sopa no estaba buena.
Tenía demasiada sal.
De todos modos, no tenían hambre.
Lloraban a lágrima viva.
Sus lágrimas caían en el plato
y la sopa estaba cada vez más salada.

—Teníamos que haberle dejado
remover la sopa —gimió la Ardilla.
—Solo pretendía ayudarnos
—sollozó el Gato—.
Vamos a buscarlo.

El Gato y la Ardilla, muertos de miedo,
se adentraron en aquel bosque
tan oscuro.

Temían por el Pato, solo entre los árboles,
los zorros,
los lobos,
las brujas
y los osos.

Pero no lograron encontrarlo.

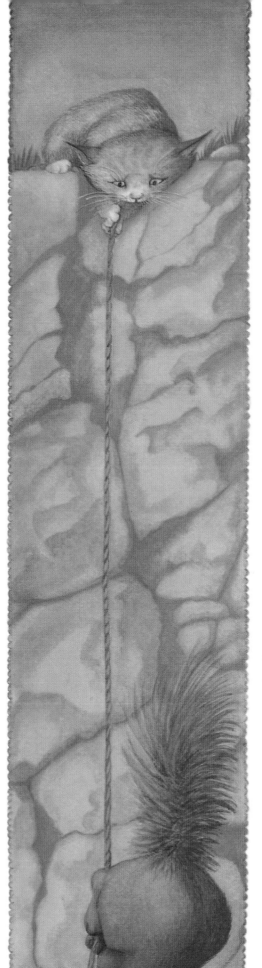

C aminaron y caminaron
sin descanso.
Y llegaron al borde
de un precipicio muy alto.

El Gato se lamentó:
–¡Puede haberse caído
por aquí!

–Lo voy a rescatar
–gritó la Ardilla.
Se deslizó
por una larga cuerda.
Al llegar al fondo,
buscó por todas partes.
Pero no pudo
encontrar al Pato.

LA SOPA
QUE HIZO
FAMOSO AL PATO
¿CÓMO LA HACE?
ENTRAN FLACOS
SALEN GORDOS
Menú
SOPA
LA
COCINA
DE
PATO

Entonces el Gato musitó tristemente:
—Puede ser que el Pato haya
encontrado mejores amigos.
—Puede ser —se lamentó la Ardilla—.
Amigos que le dejan ayudar.

Cuanto más pensaban en ello,
mientras volvían a casa,
más seguros estaban de que aquello
era lo que había ocurrido.

Pero cuando estaban al llegar,
vieron luz
en la vieja cabaña blanca.

–¡Es el Pato! –exclamaron,
y entraron en casa corriendo.

El Pato estaba *contentísimo*
de verlos.

Además tenía mucha hambre,
y aunque era tarde,
decidieron hacer juntos…

sopa
de
calabaza

Mientras el Pato removía la sopa, el Gato y la Ardilla no abrieron la boca.

Tampoco cuando la removió con tanta fuerza que salpicó por todas partes.

Ni siquiera protestaron cuando la olla se quemó.

Después el Pato enseñó a la Ardilla cómo medir la sal. Y la sopa seguía siendo la mejor del mundo.

Volvía a reinar la paz en la vieja cabaña blanca.

Hasta que el Pato dijo…

Me parece que ahora voy a tocar la gaita.